Theodor Fontane, geboren am 30. Dezember 1819 in Neuruppin, ist am 20. September 1898 in Berlin gestorben.

Fontane hatte zur Lyrik seiner Zeit, aber auch zu seinen eigenen Gedichten ein durchaus engagiertes, aber auch kritisch-distanziertes Verhältnis. Was ihm nicht gefiel, sagte er geradeheraus – so apostrophierte er Kellers Gedichte als »furchtbare Verse«, sah seine mittleren lyrischen Gedichte als »leidlich geglückt« an und schätzte in einer Art Bescheidenheitstopos seine Balladen als »etwas besser« ein.

Die schönsten und bis heute beliebtesten Gedichte und Balladen von Theodor Fontane zeugen davon, ob es nun der titelgebende *Herr von Ribbeck auf Ribbeck* ist oder die *Brück' am Tay* oder *Archibald Douglas*.

». . . ich hätte das andere auch alles sagen können, denn ich bin ein sehr moderner Kopf – aber es gehört einfach nicht hierher«, steht als Motto vor dieser Auswahl.

insel taschenbuch 1446
Theodor Fontane
Herr von Ribbeck auf Ribbeck

Theodor Fontane
Herr von Ribbeck auf Ribbeck

Gedichte und Balladen

Ausgewählt von
Gottfried Honnefelder

Insel Verlag

Umschlagabbildung:
Gustav Klimt, Der Apfelbaum
Um 1900

insel taschenbuch 1446
Erste Auflage 1992
Originalausgabe

Vertrieb durch den Suhrkamp Taschenbuch Verlag
Umschlag nach Entwürfen von Willy Fleckhaus
Satz: Fotosatz Otto Gutfreund GmbH, Darmstadt
Druck: Druckhaus Nomos, Sinzheim
Printed in Germany
ISBN 978-3-458-33146-9

9 10 11 12 13 14 – 16 15 14 13 12 11

». . . ich hätte das andere auch alles sagen können, denn ich bin ein sehr moderner Kopf – aber es gehört einfach nicht hierher.«

Im Garten

Die hohen Himbeerwände
Trennten Dich und mich,
Doch im Laubwerk unsre Hände
Fanden von selber sich.

Die Hecke konnt' es nicht wehren,
Wie hoch sie immer stund:
Ich reichte Dir die Beeren
Und Du reichtest mir Deinen Mund.

Ach, schrittest Du durch den Garten
Noch einmal im raschen Gang,
Wie gerne wollt' ich warten,
Warten stundenlang.

Mein Herze, glaubt's, ist nicht erkaltet

Mein Herze, glaubt's, ist nicht erkaltet,
Es glüht in ihm so heiß wie je,
Und was ihr drin für Winter haltet,
Ist Schein nur, ist gemalter Schnee.

Doch, was in alter Lieb' ich fühle,
Verschließ ich jetzt in tiefstem Sinn,
Und trag's nicht fürder in's Gewühle
Der ewig kalten Menschen hin.

Ich bin wie Wein der ausgegoren:
Er schäumt nicht länger hin und her,
Doch was nach Außen er verloren,
Hat er an innrem Feuer mehr.

Sylvester-Nacht

Das Dorf ist still, still ist die Nacht,
Die Mutter schläft, die Tochter wacht,
Sie deckt den Tisch, sie deckt für zwei,
Und sehnt die Mitternacht herbei.

Wem gilt die Unruh? wem die Hast?
Wer ist der mitternächtge Gast?
Ob ihr sie fragt, sie kennt ihn nicht,
Sie weiß nur, was die Sage spricht.

Die spricht: wenn wo ein Mädchen wacht
Um zwölf in der Sylvesternacht,
Und wenn sie deckt den Tisch für *zwei*,
Gewahrt sie, wer ihr Künftger sei.

Und hätt' ihn nie gesehn die Maid,
Und wär' er hundert Meilen weit,
Er tritt herein und schickt sich an,
Und ißt und trinkt, und scheidet dann. –

Zwölf schlägt die Uhr, sie horcht erschreckt,
Sie wollt' ihr Tisch wär' ungedeckt,
Es überfällt sie Angst und Graun,
Sie will den Bräutigam nicht schaun.

Fort setzt der Zeiger seinen Lauf,
Niemand tritt ein, sie atmet auf,
Sie starrt nicht länger auf die Tür, –
Herr Gott, da sitzt er neben ihr.

Sein Aug' ist glüh', blaß sein Gesicht,
Sie sah ihn all' ihr Lebtag nicht,
Er blitzt sie an, und schenket ein,
Und spricht: »heut Nacht noch bist Du mein.

Ich bin ein stürmischer Gesell',
Ich wähle rasch und freie schnell,
Ich bin der Bräut'gam, Du die Braut,
Und bin der Priester, der uns traut.«

Er faßt sie um, ein einz'ger Schrei,
Die Mutter hört's und kommt herbei;
Zu spät, verschüttet liegt der Wein,
Tot ist die Tochter und – allein.

Schloß Eger

Lärmend, im Schloß zu Eger,
Über dem Ungarwein,
Sitzen die Würdenträger
Herzogs Wallenstein:
Tertschka, des Feldherrn Schwager,
Illo und Kinsky dazu,
Ihre Heimat das Lager,
Und die Schlacht ihre Ruh.

Lustig flackern die Kerzen;
Aber der Tertschka spricht:
»Ist mir's Nacht im Herzen,
Oder vor'm Gesicht?
Diese Lichter leuchten
Wie in dunkler Gruft,
Und die Wände, die feuchten,
Hauchen Grabesluft.«

Feurig funkelt der Unger;
Aber der Kinsky spricht:
»Draußen bei Frost und Hunger
Schüttelte so mich's nicht,
Hielte lieber bei Lützen
Wieder in Qualm und Rauch;
Wolle Gott uns schützen,
Oder – der Teufel auch.«

Jllo nur, Herz wie Kehle
Hält er bei Laune sich,
Dicht ist seine Seele
Gegen Hieb und Stich,
Trägt ein Büffelkoller
Wie sein Körper traun,
Lustiger und toller
War er nie zu schaun.

Und vom Trunke heiser
Ruft er jetzt und lacht:
»Das erst ist der Kaiser,
Wer den Kaiser macht;
Eid und Treue brechen,
Taten wir's allein?
Hoch der König der Tschechen,
Herzog Wallenstein!«

Burg- und Schloß-Bewohner
Ruhen ... Da sieh, in Stahl,
Buttlersche Dragoner
Dringen in den Saal;
Buttler selbst, im Helme,
Tritt an den Illo: »sprich,
Seid ihr Schurken und Schelme,
Oder gut kaiserlich?!«

Hei, da fahren die Klingen
Wie von selber heraus,
Von dem Pfeifen und Schwingen
Löschen die Lichter aus;

Weiter geht es im Dunkeln,
Nein, im Dunkeln nicht:
Ihrer Augen Funkeln
Gibt das rechte Licht.

Tertschka fällt; daneben
Kinsky mit Fluch und Schwur;
Mehr um Tod wie Leben
Ficht selbst Illo nur,
Schlägt blindhin in Scherben
Schädel und Flaschen jetzt,
Wie ein Eber im Sterben
Noch die Hauer wetzt.

Licht und Fackel kommen,
Geben düstren Schein:
In einander verschwommen
Blinken Blut und Wein;
Ueberall im Saale
Leichen in buntem Gemisch,
Stumm, vor seinem Mahle,
Sitzt der Tod am Tisch.

Buttler aber, wie Wetter
Donnert jetzt: »laßt sie ruhn!
Das sind erst die Blätter,
An die Wurzel nun.«
Bald in Schlosses Ferne
Hört man's krachen und schrein; –
Schau nicht in die Sterne,
Rette dich, Wallenstein!

Frühling

Nun ist er endlich kommen doch
In grünem Knospenschuh;
»Er kam, er kam ja immer noch«
Die Bäume nicken sich's zu.

Sie konnten ihn all erwarten kaum,
Nun treiben sie Schuß auf Schuß;
Im Garten der alte Apfelbaum
Er sträubt sich, aber er muß.

Wohl zögert auch das alte Herz
Und atmet noch nicht frei,
Es bangt und sorgt: »es ist erst März
Und März ist noch nicht Mai.«

O schüttle ab den schweren Traum
Und die lange Winterruh,
Es wagt es der alte Apfelbaum,
Herze, wag's auch Du.

Lied des James Monmouth

»Es zieht sich eine blutige Spur
Durch unser Haus von Alters,
Meine Mutter war seine Buhle nur
Die schöne Lucy Walters.

Am Abend war's, leis wogte das Korn,
Sie küßten sich unter der Linde,
Eine Lerche klang und ein Jägerhorn, –
Ich bin ein Kind der Sünde.

Meine Mutter hat mir oft erzählt
Von jenes Abends Sonne,
Ihre Lippen sprachen: ich habe gefehlt!
Ihre Augen lachten vor Wonne.

Ein Kind der Sünde, ein Stuartkind,
Es blitzt wie Beil von weiten,
Den Weg, den alle geschritten sind,
Ich werd' ihn auch beschreiten.

Das Leben geliebt und die Krone geküßt
Und den Frauen das Herz gegeben,
Und den letzten Kuß auf das schwarze Gerüst,
Das ist ein Stuart-Leben.«

Archibald Douglas

»Ich hab' es getragen sieben Jahr
Und ich kann es nicht tragen mehr,
Wo immer die Welt am schönsten war,
Da war sie öd' und leer.

Ich will hintreten vor sein Gesicht
In dieser Knechtsgestalt,
Er kann meine Bitte versagen nicht,
Ich bin ja worden alt,

Und trüg er noch den alten Groll,
Frisch wie am ersten Tag,
So komme was da kommen soll
Und komme was da mag.«

Graf Douglas spricht's. Am Weg ein Stein
Lud ihn zu harter Ruh,
Er sah in Wald und Feld hinein,
Die Augen fielen ihm zu.

Er trug einen Harnisch, rostig und schwer,
Darüber ein Pilgerkleid, –
Da horch vom Waldrand scholl es her
Wie von Hörnern und Jagdgeleit.

Und Kies und Staub aufwirbelte dicht,
Herjagte Meut' und Mann,
Und ehe der Graf sich aufgericht't,
Waren Roß und Reiter heran.

König Jakob saß auf hohem Roß,
Graf Douglas grüßte tief,
Dem König das Blut in die Wange schoß,
Der Douglas aber rief:

»König Jakob, schaue mich gnädig an
Und höre mich in Geduld,
Was meine Brüder Dir angetan,
Es war nicht meine Schuld.

Denk nicht an den alten Douglas-Neid,
Der trotzig Dich bekriegt,
Denk lieber an Deine Kinderzeit,
Wo ich Dich auf den Knien gewiegt.

Denk lieber zurück an Stirling-Schloß,
Wo ich Spielzeug Dir geschnitzt,
Dich gehoben auf Deines Vaters Roß
Und Pfeile Dir zugespitzt.

Denk lieber zurück an Linlithgow,
An den See und den Vogelherd,
Wo ich Dich fischen und jagen froh
Und schwimmen und springen gelehrt.

O denk an Alles, was einsten war,
Und sänftige Deinen Sinn,
Ich hab' es gebüßet sieben Jahr,
Daß ich ein Douglas bin.«

»Ich seh Dich nicht, Graf Archibald,
Ich hör' Deine Stimme nicht,
Mir ist als ob ein Rauschen im Wald
Von alten Zeiten spricht.

Mir klingt das Rauschen süß und traut,
Ich lausch ihm immer noch,
Dazwischen aber klingt es laut:
Er ist ein Douglas doch.

Ich seh Dich nicht, ich höre Dich nicht,
Das ist Alles, was ich kann,
Ein Douglas vor meinem Angesicht
Wär' ein verlorener Mann.«

König Jakob gab seinem Roß den Sporn,
Bergan ging jetzt sein Ritt,
Graf Douglas faßte den Zügel vorn
Und hielt mit dem Könige Schritt.

Der Weg war steil und die Sonne stach
Und sein Panzerhemd war schwer,
Doch ob er schier zusammenbrach,
Er lief doch nebenher.

»König Jakob, ich war Dein Seneschall,
Ich will es nicht fürder sein,
Ich will nur warten Dein Roß im Stall
Und ihm schütten die Körner ein.

Ich will ihm selber machen die Streu
Und es tränken mit eigener Hand,
Nur laß mich atmen wieder aufs Neu
Die Luft im Vaterland.

Und willst Du nicht, so hab' einen Mut,
Und ich will es danken Dir,
Und zieh Dein Schwert und triff mich gut
Und laß mich sterben hier.«

König Jakob sprang herab vom Pferd,
Hell leuchtete sein Gesicht,
Aus der Scheide zog er sein breites Schwert,
Aber fallen ließ er es nicht.

»Nimm's hin, nimm's hin und trag es neu
Und bewache mir meine Ruh,
Der ist in tiefster Seele treu,
Wer die Heimat liebt wie Du.

Zu Roß, wir reiten nach Linlithgow
Und Du reitest an meiner Seit',
Da wollen wir fischen und und jagen froh,
Als wie in alter Zeit.«

Das Trauerspiel von Afghanistan

Der Schnee leis stäubend vom Himmel fällt,
Ein Reiter vor Dschellalabad hält,
»Wer da!« –»Ein britischer Reitersmann,
Bringe Botschaft aus Afghanistan.«

Afghanistan! er sprach es so matt;
Es umdrängt den Reiter die halbe Stadt,
Sir Robert Sale, der Kommandant,
Hebt ihn vom Rosse mit eigener Hand.

Sie führen in's steinerne Wachthaus ihn,
Sie setzen ihn nieder an den Kamin,
Wie wärmt ihn das Feuer, wie labt ihn das Licht,
Er atmet hoch auf und dankt und spricht:

»Wir waren dreizehntausend Mann,
Von Kabul unser Zug begann,
Soldaten, Führer, Weib und Kind,
Erstarrt, erschlagen, verraten sind.

Zersprengt ist unser ganzes Heer,
Was lebt, irrt draußen in Nacht umher,
Mir hat ein Gott die Rettung gegönnt,
Seht zu, ob den Rest ihr retten könnt.«

Sir Robert stieg auf den Festungswall,
Offiziere, Soldaten folgten ihm all',
Sir Robert sprach: »Der Schnee fällt dicht,
Die uns suchen, sie können uns finden nicht.

Sie irren wie Blinde und sind uns so nah,
So laßt sie's *hören*, daß wir da,
Stimmt an ein Lied von Heimat und Haus,
Trompeter blas't in die Nacht hinaus!«

Da huben sie an und sie wurden's nicht müd',
Durch die Nacht hin klang es Lied um Lied,
Erst englische Lieder mit fröhlichem Klang,
Dann Hochlandslieder wie Klagegesang.

Sie bliesen die Nacht und über den Tag,
Laut, wie nur die Liebe rufen mag,
Sie bliesen – es kam die zweite Nacht,
Umsonst, daß ihr ruft, umsonst, daß ihr wacht.

Die hören sollen, sie hören nicht mehr,
Vernichtet ist das ganze Heer,
Mit dreizehntausend der Zug begann,
Einer kam heim aus Afghanistan.

Melrose-Abbey

Und willst Du des Zaubers sicher sein,
So besuche Melros' bei Mondenschein,
Die goldne Sonne, des Tages Licht,
Sie passen zu seinen Trümmern nicht.
Wenn die Bögen und Nischen im Schatten stehn,
Die Ecken und Pfeiler wie Silber sehn,
Wenn das weiße, kalte, zitternde Licht
Um den Mittelturm seine Girlanden flicht,
Wenn die Strebepfeiler sich wechselnd reihn,
Halb Ebenholz, halb Elfenbein,
Wenn's schneeig auf allen Gräbern liegt
Und die weißen Figuren noch weißer umschmiegt,
Wenn das Rauschen des Tweed, weitab gehört,
Wie Summen die nächtige Stille stört, –
Ja, dann tritt ein: *bei Mondesschein*
Besuche Melros' und – *tu' es allein.*

Gorm Grymme

König Gorm herrscht über Dänemark,
Er herrscht die dreißig Jahr,
Sein Sinn ist fest, seine Hand ist stark,
Weiß worden ist nur sein Haar,
Weiß worden sind nur seine buschigen Brau'n,
Die machten Manchen stumm,
In Grimme liebt er drein zu schau'n, –
Gorm Grymme heißt er drum.

Und die Jarls kamen zum Feste des Jul,
Gorm Grymme sitzt im Saal,
Und neben ihm sitzt, auf beinernem Stuhl,
Thyra Danebod, sein Gemahl;
Sie reichen einander still die Hand
Und blicken sich an zugleich,
Ein Lächeln in Beider Auge stand, –
Gorm Grymme, was mach Dich so weich?

Den Saal hinunter, in offner Hall',
Da fliegt es wie Locken im Wind,
Jung-Harald spielt mit dem Federball,
Jung-Harald, ihr einziges Kind,
Sein Wuchs ist schlank, blond ist sein Haar,
Blau-golden ist sein Kleid,
Jung-Harald ist heut fünfzehn Jahr
Und sie lieben ihn Allbeid'.

Sie lieben ihn Beid'; eine Ahnung bang
Kommt über die Königin,
Gorm Grymme aber den Saal entlang
Auf Jung-Harald deutet er hin,
Und er hebt sich zum Sprechen, – sein Mantel rot
Gleitet nieder auf den Grund
»Wer je mir spräche ›er ist tot‹
Der müßte sterben zur Stund'.«

Und Monde gehn. Es schmolz der Schnee,
Der Sommer kam zu Gast,
Dreihundert Schiffe fahren in See,
Jung-Harald steht am Mast,
Er steht am Mast, er singt ein Lied
Bis sich's im Winde brach,
Das letzte Segel, es schwand, es schied, –
Gorm Grymme schaut ihm nach.

Und wieder Monde. Grau-Herbstestag
Liegt über Sund und Meer,
Drei Schiffe mit mattem Ruderschlag
Rudern heimwärts drüber her;
Schwarz hängen die Wimpel; auf Brömsebro-Moor
Jung-Harald liegt im Blut, –
Wer bringt die Kunde vor Königs Ohr?
Keiner hat den Mut.

Thyra Danebod schreitet hinab an den Strand,
Sie hatte die Segel gesehn;
Sie spricht: »Und bangt sich euer Mund,
Ich meld' ihm was geschehn«;

Ablegt sie ihr rotes Korallengeschmeid'
Und die Gemme von Opal,
Sie kleidet sich in ein schwarzes Kleid
Und tritt in Hall' und Saal.

In Hall' und Saal. An Pfeiler und Wand
Goldteppiche ziehen sich hin,
Schwarze Teppiche nun mit eigener Hand
Hängt drüber die Königin,
Und sie zündet zwölf Kerzen, ihr flackernd Licht
Es gab einen trüben Schein,
Und sie legt ein Gewebe, schwarz und dicht,
Auf den Stuhl von Elfenbein.

Eintritt Gorm Grymme. Es zittert sein Gang,
Er schreitet wie im Traum,
Er starrt die schwarze Hall' entlang,
Die Lichter er sieht sie kaum,
Er spricht: »es weht wie Schwüle hier,
Ich will an Meer und Strand,
Reich' meinen rotgoldenen Mantel mir
Und reiche mir Deine Hand.«

Sie gab ihm um einen Mantel dicht,
Der war nicht golden, nicht rot,
Gorm Grymme sprach: »Was Niemand spricht,
Ich sprech es: er ist tot.«
Er setzte sich nieder wo er stand,
Ein Windstoß fuhr durch's Haus,
Die Königin hielt des Königs Hand,
Die Lichter loschen aus.

Der 6. November 1632

(Schwedische Sage.)

Schwedische Haide, Novembertag,
Der Nebel grau am Boden lag,
Hin über das Steinfeld von Dalarn
Holpert, stolpert ein Räderkarrn.

Ein Räderkarrn, beladen mit Korn;
Lorns Atterdag zieht an der Deichsel vorn,
Niels Rudbeck schiebt. Sie zwingen's nicht,
Das Gestrüpp wird dichter, Niels aber spricht:

»Busch-Ginster wächst hier über den Steg,
Wir gehn in die Irr', wir missen den Weg,
Wir haben links und rechts vertauscht, –
Hörst Du wie der Dal-Elf rauscht?«

»Das ist nicht der Dal-Elf, der Dal-Elf ist weit,
Es rauscht nicht vor uns und nicht zur Seit',
Es lärmt in Lüften, es klingt wie Trab,
Wie Reiter wogt es auf und ab.

Es ist wie Schlacht, die herwärts dringt,
Wie Kirchenlied es dazwischen klingt,
Ich hör' in der Rosse wieherndem Trott:
Eine feste Burg ist unser Gott!«

Und kaum gesprochen, da Lärmen und Schrein,
In tiefen Geschwadern bricht es herein,
Es brausen und dröhnen Luft und Erd',
Vorauf ein Reiter auf weißem Pferd.

Signale, Schüsse, Rossegestampf,
Der Nebel wird schwarz wie Pulverdampf,
Wie wilde Jagd so fliegt es vorbei; –
Zitternd ducken sich die Zwei.

Nun ist es vorüber ... da wieder mit Macht
Rückwärts wogt die Reiterschlacht,
Und wieder dröhnt und donnert die Erd'
Und wieder vorauf das weiße Pferd.

Wie ein Lichtstreif durch den Nebel es blitzt,
Kein Reiter mehr im Sattel sitzt,
Das fliehende Tier es dampft und raucht,
Sein Weiß ist tief in Rot getaucht.

Der Sattel blutig, blutig die Mähn',
Ganz Schweden hat das Roß gesehn; –
Auf dem Felde von Lützen am selben Tag
Gustav Adolf in seinem Blute lag.

Schlaf

Nun trifft es mich, wie's jeden traf,
Ich liege wach, es meidet mich der Schlaf,
Nur im Vorbeigehn flüstert er mir zu:
»Sei nicht in Sorg', ich sammle Deine Ruh'
Und tret' ich eh'stens wieder in Dein Haus,
So zahl' ich alles Dir auf einmal aus.«

Die Brück' am Tay

(28. December 1879)

When shall we three meet again.
Macbeth

»Wann treffen wir drei wieder zusamm?«
»Um die siebente Stund', am Brückendamm.«
»Am Mittelpfeiler«.
»Ich lösche die Flamm.«
»Ich mit.«
»Ich komme vom Norden her.«
»Und ich von Süden.«
»Und ich vom Meer.«

»Hei, das gibt einen Ringelreihn,
Und die Brücke muß in den Grund hinein.«

»Und der Zug, der in die Brücke tritt
Um die siebente Stund'?«
»Ei der muß mit.«
»Muß mit.«
»Tand, Tand,
Ist das Gebilde von Menschenhand!«

*

Auf der *Norderseite*, das Brückenhaus –
Alle Fenster sehen nach Süden aus,
Und die Brücknersleut', ohne Rast und Ruh
Und in Bangen sehen nach Süden zu,
Sehen und warten, ob nicht ein Licht
Über's Wasser hin »ich komme« spricht,
»Ich komme, trotz Nacht und Sturmesflug,
Ich, der Edinburgher Zug.«

Und der Brückner jetzt: »Ich seh' einen Schein
Am anderen Ufer. Das muß er sein.
Nun, Mutter, weg mit dem bangen Traum,
Unser Johnie kommt und will seinen Baum,
Und was noch am Baume von Lichtern ist,
Zünd' Alles an wie zum heiligen Christ,
Der will heuer *zweimal* mit uns sein, –
Und in elf Minuten ist er herein.

*

Und es war der Zug. Am *Süder*turm
Keucht er vorbei jetzt gegen den Sturm,
Und Johnie spricht: »Die Brücke noch!
Aber was tut es, wir zwingen es doch.
Ein fester Kessel, ein doppelter Dampf,
Die bleiben Sieger in solchem Kampf,
Und wie's auch rast und ringt und rennt,
Wir kriegen es unter: das Element.

Und unser Stolz ist unsre Brück';
Ich lache, denk' ich an früher zurück,
An all den Jammer und all die Not
Mit dem elend alten Schifferboot;
Wie manche liebe Christfestnacht
Hab ich im Fährhaus zugebracht,
Und sah unsrer Fenster lichten Schein,
Und zählte, und konnte nicht drüben sein.«

Auf der Norderseite, das Brückenhaus –
Alle Fenster sehen nach Süden aus,
Und die Brücknersleut' ohne Rast und Ruh
Und in Bangen sehen nach Süden zu;
Denn wütender wurde der Winde Spiel,
Und jetzt, als ob Feuer vom Himmel fiel',
Erglüht es in niederschießender Pracht
Überm Wasser unten . . . Und wieder ist Nacht.

*

»Wann treffen wir drei wieder zusamm?«
»Um Mitternacht, am Bergeskamm.«
»Auf dem hohen Moor, am Erlenstamm.«

»Ich komme.«
»Ich mit.«
»Ich nenn' euch die Zahl.«
»Und ich die Namen.«

»Und ich die Qual.«
»Hei!
Wie Splitter brach das Gebälk entzwei.«
»Tand, Tand,
Ist das Gebilde von Menschenhand.«

Publikum!

Das Publikum ist eine einfache Frau,
Bourgeoishaft, eitel und wichtig,
Und folgt man, wenn Sie spricht, genau,
So spricht sie nicht 'mal richtig.

Eine einfache Frau, doch rosig und frisch,
Und ihre Juwelen blitzen,
Und sie lacht und führt einen guten Tisch
Und es möchte sie jeder besitzen.

Würd' es mir fehlen, würd ich's vermissen?

Heute früh, nach gut durchschlafener Nacht,
Bin ich wieder aufgewacht.
Ich setzte mich an den Frühstückstisch,
Der Kaffee war warm, die Semmel war frisch,
Ich habe die Morgenzeitung gelesen,
(Es sind wieder Avancements gewesen).
Ich trat ans Fenster, ich sah hinunter,
Es trabte wieder, es klingelte munter,
Eine Schürze (beim Schlächter) hing über dem Stuhle,
Kleine Mädchen gingen nach der Schule, –
Alles war freundlich, alles war nett,
Aber wenn ich weiter geschlafen hätt'
Und tät' von alledem nichts wissen,
Würd' es mir fehlen, würd' ich's vermissen?

Überlaß es der Zeit

Erscheint Dir etwas unerhört,
Bist Du tiefsten Herzens empört,
Bäume nicht auf, versuch's nicht mit Streit,
Berühr es nicht, überlaß es der Zeit.
Am ersten Tage wirst Du feige Dich schelten,
Am zweiten läßt Du Dein Schweigen schon gelten,
Am dritten hast Du's überwunden,
Alles ist wichtig nur auf Stunden,
Ärger ist Zehrer und Lebensvergifter,
Zeit ist Balsam und Friedensstifter.

Aber es bleibt auf dem alten Fleck

»Wie konnt' ich *das* tun, wie konnt' ich *das* sagen«,
So hört man nicht auf, sich anzuklagen,
Bei jeder Dummheit, bei jedem Verlieren,
Heißt es: »das soll Dir nicht wieder passieren.«

Irrtum! Heut traf es bloß Kunzen und Hinzen,
Morgen trifft es schon ganze Provinzen,
Am dritten Tag ganze Konfessionen,
Oder die »Rassen, die zwischen uns wohnen«,
Immer kriegt man einen Schreck,
Aber es bleibt auf dem alten Fleck.

Ausgang

Immer enger, leise, leise
Ziehen sich die Lebenskreise,
Schwindet hin, was prahlt und prunkt,
Schwindet Hoffen, Hassen, Lieben,
Und ist nichts in Sicht geblieben,
Als der letzte dunkle Punkt.

Die Frage bleibt

Halte Dich still, halte Dich stumm,
Nur nicht forschen, warum? warum?

Nur nicht bittre Fragen tauschen,
Antwort ist doch nur wie Meeresrauschen.

Wie's Dich auch aufzuhorchen treibt,
Das Dunkel, das Rätsel, die Frage bleibt.

Es kribbelt und wibbelt weiter

Die Flut steigt bis an den Ararat
Und es hilft keine Rettungsleiter,
Da bringt die Taube Zweig und Blatt –
Und es kribbelt und wibbelt weiter.

Es sicheln und mähen von Ost nach West
Die apokalyptischen Reiter,
Aber ob Hunger, ob Krieg, ob Pest,
Es kribbelt und wibbelt weiter.

Ein Gott wird gekreuzigt auf Golgatha,
Es brennen Millionen Scheiter,
Märtyrer hier und Hexen da,
Doch es kribbelt und wibbelt weiter.

So banne Dein Ich in Dich zurück
Und ergib Dich und sei heiter:
Was liegt an Dir und Deinem Glück?
Es kribbelt und wibbelt weiter.

John Maynard

John Maynard!

»Wer ist John Maynard?«

»John Maynard war unser Steuermann,
Aushielt er bis er das Ufer gewann,
Er hat uns gerettet, er trägt die Kron;
Er starb für uns, unsre Liebe sein Lohn.
John Maynard.«

*

Die »Schwalbe« fliegt über den Erie-See,
Gischt schäumt um den Bug wie Flocken von
Schnee,
Von Detroit fliegt sie nach Buffalo –
Die Herzen aber sind frei und froh,
Und die Passagiere, mit Kindern und Frau'n
Im Dämmerlicht schon das Ufer schau'n
Und plaudernd an John Maynard heran
Tritt alles: »Wie weit noch, Steuermann?
Der schaut nach vorn und schaut in die Rund':
»Noch dreißig Minuten ... Halbe Stund'.«

Alle Herzen sind froh, alle Herzen sind frei –
Da kling'st aus dem Schiffsraum her wie Schrei,
»Feuer« war es, was da klang,
Ein Qualm aus Kajüt' und Luke drang,

Ein Qualm, dann Flammen lichterloh,
Und noch zwanzig Minuten bis Buffalo.

Und die Passagiere, buntgemengt,
Am Bugspriet stehn sie zusammengedrängt,
Am Bugspriet vorn ist noch Luft und Licht,
Am Steuer aber lagert sich's dicht,
Und ein Jammern wird laut: »Wo sind wir? wo?«
Und noch fünfzehn Minuten bis Buffalo,

Der Zugwind wächst, doch die Qualmwolke steht,
Der Kapitän nach dem Steuer späht,
Er sieht nicht mehr seinen Steuermann,
Aber durchs Sprachrohr fragt er an:
»Noch da, John Maynard?«
»Ja, Herr. Ich bin.«
»Auf den Strand. In die Brandung.«
»Ich halte drauf hin.«
Und das Schiffsvolk jubelt: »Halt aus. Hallo.«
Und noch zehn Minuten bis Buffalo.

»Noch da, John Maynard?« Und Antwort schallt'
Mit ersterbender Stimme: »Ja, Herr, ich halt's«
Und in die Brandung, was Klippe was Stein,
Jagt er die »Schwalbe« mitten hinein,
Soll Rettung kommen, so kommt sie nur so.
Rettung: der Strand von Buffalo.

*

Das Schiff geborsten. Das Feuer verschwelt.
Gerettet alle. Nur *Einer* fehlt!

*

Alle Glocken gehn; ihre Töne schwell'n
Himmelan aus Kirchen und Kappel'n.
Ein Klingen und Läuten, sonst schweigt die Stadt,
Ein Dienst nur, den sie heute hat:
Zehntausend folgen oder mehr
Und kein Aug' im Zuge, das tränenleer.

Sie lassen den Sarg in Blumen hinab,
Mit Blumen schließen sie das Grab,
Und mit goldner Schrift in den Marmorstein
Schreibt die Stadt ihren Dankspruch ein:
»Hier ruht John Maynard. In Qualm und Brand,
Hielt er das Steuer fest in der Hand,
Er hat uns gerettet, er trägt die Kron',
Er starb für *uns*, unsre Liebe sein Lohn.
John Maynard.«

Lebenswege

Fünfzig Jahre werden es ehstens sein,
Da trat ich in meinen ersten »Verein«.
Natürlich Dichter. Blutjunge Ware:
Studenten, Leutnants, Refrendare.
Rang gab's nicht, *den* verlieh das »Gedicht«,
Und *ich* war ein kleines Kirchenlicht.

So stand es, als Anno 40 wir schrieben,
Aber ach, wo bist Du Sonne geblieben,
Ich bin noch immer, was damals ich war,
Ein Lichtlein auf demselben Altar,
Aus den Leutnants aber und Studenten
Wurden Genräle und Chefpräsidenten.

Und mitunter, auf stillem Tiergartenpfade,
Bei »Kön'gin Luise« trifft man sich grade.

»Nun, lieber F., noch immer bei Wege?«
»Gott sei Dank, Excellenz, ... Trotz Nacken-
schläge ...«

»Kenn' ich, kenn' ich. Das Leben ist flau ...
Grüßen Sie Ihre liebe Frau.«

Meine Gräber

Kein Erbbegräbnis mich stolz erfreut,
Meine Gräber liegen weit zerstreut,
Weit zerstreut über Stadt und Land,
Aber all in märkischem Sand.

Verfallene Hügel, die Schwalben ziehn,
Vorüber schlängelt sich der Rhin,
Über weiße Steine, zerbröckelt all',
Blickt der alte Ruppiner Wall,
Die Buchen stehn, die Eichen rauschen,
Die Gräberbüsche Zwiesprach tauschen
Und Haferfelder weit auf und ab, –
Da ist meiner Mutter Grab.

Und ein andrer Platz, dem verbunden ich bin:
Berglehnen, die Oder fließt dran hin,
Zieht vorüber in trägem Lauf,
Gelbe Mummeln schwimmen darauf.
Am Ufer Werft und Schilf und Rohr
Und am Abhange schimmern Kreuze hervor,
Auf eines fällt heller Sonnenschein, –
Da hat mein Vater seinen Stein.

Der Dritte, seines Todes froh,
Liegt auf dem weiten Teltow-Plateau,
Dächer von Ziegel, Dächer von Schiefer,
Dann und wann eine Krüppelkiefer,
Ein stiller Graben die Wasserscheide,
Birken hier und da eine Weide,
Zuletzt eine Pappel am Horizont, –
Im Abendstrahle sie sich sonnt.
Auf den Gräbern Blumen und Aschenkrüge,
Vorüber in Ferne rasseln die Züge,
Still bleibt das Grab und der Schläfer drin,
Der Wind, der Wind geht drüber hin.

Wo sich Herz zum Herzen find't

Glück, von allen deinen Losen
Eines nur erwähl' ich mir.
Was soll Gold? Ich liebe Rosen
Und der Blumen schlichte Zier.

Und ich höre Waldesrauschen,
Und ich seh' ein flatternd Band –
Aug' in Auge Blicke tauschen,
Und ein Kuß auf deine Hand.

Geben nehmen, nehmen geben,
Und dein Haar umspielt der Wind.
Ach, nur das, nur das ist Leben,
Wo sich Herz zum Herzen find't.

Herr von Ribbeck auf Ribbeck im Havelland

Herr von Ribbeck auf Ribbeck im Havelland,
Ein Birnbaum in seinem Garten stand,
Und kam die goldene Herbsteszeit,
Und die Birnen leuchteten weit und breit,
Da stopfte, wenn's Mittag vom Turme scholl,
Der von Ribbeck sich beide Taschen voll,
Und kam in Pantinen ein Junge daher,
So rief er: »Junge, wist' ne Beer?«
Und kam ein Mädel, so rief er: »Lütt Dirn,
Kumm man röwer, ick hebb' ne Birn.«

So ging es viel Jahre, bis lobesam
Der von Ribbeck auf Ribbeck zu sterben kam.
Er fühlte sein Ende. 's war Herbsteszeit,
Wieder lachten die Birnen weit und breit,
Da sagte von Ribbeck: »Ich scheide nun ab.
Legt mir eine Birne mit in's Grab.«
Und drei Tage drauf, aus dem Doppeldachhaus,
Trugen von Ribbeck sie hinaus,
Alle Bauern und Büdner, mit Feiergesicht
Sangen »Jesus meine Zuversicht«
Und die Kinder klagten, das Herze schwer,
»He is dod nu. Wer giwt uns nu 'ne Beer?«

So klagten die Kinder. Das war nicht recht,
Ach, sie kannten den alten Ribbeck schlecht,
Der *neue* freilich, der knausert und spart,
Hält Park und Birnbaum strenge verwahrt,

Aber der *alte*, vorahnend schon
Und voll Mißtraun gegen den eigenen Sohn,
Der wußte genau, was damals er tat,
Als um eine Birn' in's Grab er bat,
Und im dritten Jahr, aus dem stillen Haus
Ein Birnbaumsprößling sproßt heraus.

Und die Jahre gehen wohl auf und ab,
Längst wölbt sich ein Birnbaum über dem Grab,
Und in der goldenen Herbsteszeit
Leuchtet's wieder weit und breit.
Und kommt ein Jung' über'n Kirchhof her,
So flüstert's im Baume: »wiste 'ne Beer?«
Und kommt ein Mädel, so flüstert's: »Lütt Dirn,
Kumm man röwer, ick gew' Di 'ne Birn.«

So spendet Segen noch immer die Hand
Des von Ribbeck auf Ribbeck im Havelland.

Unsre »deutsche Frau«

Hierlandes ist unsre »deutsche Frau«
Noch immer aus Friesack oder Bernau,
Nur dem Kleinen gilt ihre Respektsbezeigung,
Aus Not nicht, nein, aus purer Neigung,
Uralte Themen uralter Epochen
Werden am liebsten durchgesprochen:
Die Küche, die Wäsche, die Wohnung – und dann
(Unerschöpfliches Thema) »mein Mann,
mein Mann.«

»Mein Mann ist eigentlich viel zu gut,
Und kommt er mal gegen mich in Wut,
Ist es immer bloß wegen der dummen Dinger,
Denen sieht er alles durch die Finger;
Eine Vierzehnjährige nennt er »Sie«,
Mittwochs hat er Skatpartie.
Da würd' ich nun gern ins Theater gehn,
Aber, am Ende, was soll man sehn?
»Sodoms Ende« gilt ja für unmoralisch,
Schiller ist mir zu theatralisch
Und macht immer schöne Worte nur, –
Das Beste bleibt doch freie Natur:
Am großen Stern auf den Kaiser warten,
Konzert im Zoologischen Garten,
Flamingo, Büffel, Pelikan,
Und Abends (zum Spargel) kommt »mein Mann«
Und Rudolf auch und die Zeit vergeht
Und der liebe Mond am Himmel steht.«

Brunnenpromenade

Als ich ankam, Johannistag war grade,
Gleich ging ich auf die Brunnenpromnade,
Kaum wollt' ich meinen Augen traun,
So viel des Herrlichen war da zu schaun,
Eine lange Reihe der schönsten Damen,
Wer zählt die Völker, wer nennt die Namen!

Eine ganz Teint und Taille war,
Aschblond das schlicht gescheitelte Haar,
Blendende Zähne, feines Kinn,
Typus einer Engländerin,
Aber solcher, die palankin-überdacht
Weit draußen ihre Tage verbracht,
In Hongkong oder Singapor
(Ihr Diener Malaie halb, halb Mohr),
Und neben ihr plaudert ein junger Lord
Von Lachsfang im Stavanger-Fjord,
Alles albionmäßig abgestempelt,
Die Beinkleider unten umgekrempelt.

Es plätschert der Springbrunn, es duften die Blumen,
Fremd blicken die Bonnen und Kindermuhmen,
Noch fremder die Ammen; die Badekapelle
Spielt eben eine Wagnerstelle,
Lohengrin-Arie, jetzt laut jetzt leis,
Die Damen schließen einen Kreis,
Und in den Kreis, auf den Schlag des Gong,
Tritt jetzt die Schönheit der Saison.

Ihr Aug' ist wie getaucht in Glut,
Rot ist ihr Kleid und rot ihr Hut,
Ein Hut, wie die Kirchenfürsten ihn tragen,
Breitkrämpig, ein Schleier umgeschlagen,
Der Schleier *auch* rot, – am Arme Koralln,
Rot alles worauf die Blicke falln,
Eine Römerin (flüstert man) soll es sein,
Andre sagen: aus Frankfurt am Main.

Und herwärts wogt es und wieder zurück,
Auf Wagner folgt ein ungrisch Stück,
Ein Czardas, und auf dem bewässerten Rasen
Blitzt es wie von Goldtopasen;
Überirdisch, ein paradiesisch Revier,
Und die Frage kommt mir: »was willst *Du* hier?«
Eine Freiin grüßt mich . . . doch, wer sie nicht kennte
Die Macht der höheren Elemente!

Nun ist die erste Woche dahin,
Verändert schon fühl' ich Herz und Sinn,
Und eh eine zweite Woche vergangen,
Ist es nahzu vorbei mit meinem Bangen;
Mummenschanz alles und Fastnachtsorden,
Selbst der rote Hut ist mir komisch geworden,
Ob aus Rom oder Frankfurt, – ich seh' in Ruh
Jetzt lieber dem Paukenschläger zu,
Der kränklich und mürrisch und doch begeistert
Auch Becken noch und Triangel meistert,
Zu Schemen ist plötzlich alles verschwommen,
Ich bin wieder zu mir selbst gekommen,

Und während mir Scheuheit und Demut
entschlummern,
Zähl' ich mich zu den »besseren Nummern«.

Verzeiht

Verzeiht den Anekdotenkram
Und daß niemals ich einen »Anlauf« nahm,
Auch niemals mit den Göttern grollte,
Nicht mal den Staat verbessern wollte,
Nicht mal mit »sexuellen Problemen«
Gelegenheit nahm mich zu benehmen.

Der faßt es so, *der* anders an,
Man muß nur wollen, was man kann,
Mir würde der Weitsprung nicht gelingen,
So blieb ich denn bei den näheren Dingen,
Drei Schritt bloß, – – ich weiß, es ist nicht viel,
Aber Freude gibt jedes erreichte Ziel.

Ja, das möcht' ich noch erleben

Eigentlich ist mir alles gleich,
Der eine wird arm, der andre wird reich,
Aber mit Bismarck, – was wird das noch geben?
Das mit Bismarck, das möcht' ich noch erleben.

Eigentlich ist alles so so,
Heute traurig, morgen froh,
Frühling, Sommer, Herbst und Winter,
Ach es ist nicht viel dahinter.
Aber mein Enkel, so viel ist richtig,
Wird mit Nächstem vorschulpflichtig,
Und in etwa vierzehn Tagen
Wird er eine Mappe tragen,
Löschblätter will ich in's Heft ihm kleben –
Ja, das möcht' ich noch erleben.

Eigentlich ist alles nichts,
Heute hält's und morgen bricht's,
Hin stirbt alles, ganz geringe
Wird der Wert der irdschen Dinge;
Doch wie tief herabgestimmt
Auch das Wünschen Abschied nimmt,
Immer klingt es noch daneben:
Ja, das möcht' ich noch erleben.

Neueste Väterweisheit

»Zieh nun also in die Welt,
Tue beharrlich was Dir gefällt,
Werde keiner Gefühle Beute,
Meide sorglich arme Leute,
Werde kein gelehrter Klauber,
Wissenschaft ist fauler Zauber,
Sei für Rothschild statt für Ranke,
Nimm den Main und laß die Panke,
Nimm den Butt und laß die Flunder,
Geld ist Glück und Kunst ist Plunder,
Vorwärts auf der schlechtsten Kragge,
Wenn nur unter großer Flagge.
Pred'ge Tugend, pred'ge Sitte,
Millionär ist dann das Dritte,
Quäl' Dich nicht mit »wohlerzogen«.
Vorwärts mit den Ellenbogen
Und zeig' jedem jeden Falles:
»Du bist nichts und ich bin alles.«

Die Alten und die Jungen

»Unverständlich sind uns die Jungen«
Wird von den Alten beständig gesungen:
Meinerseits möcht ich's damit halten:
»Unverständlich sind mir die Alten.«
Dieses am Ruderbleibenwollen
In allen Stücken und allen Rollen,
Dieses sich Unentbehrlichvermeinen
Samt ihrer »Augen stillem Weinen«,
Als wäre der Welt ein Weh getan, –
Ach, ich kann es nicht verstahn.
Ob unsre Jungen, in ihrem Erdreisten,
Wirklich was Besseres schaffen und leisten,
Ob dem Parnasse sie näher gekommen,
Oder bloß einen Maulwurfshügel erklommen,
Ob sie, mit andern Neusittenverfechtern,
Die Menschheit bessern oder verschlechtern,
Ob sie Frieden sä'n oder Sturm entfachen,
Ob sie Himmel oder Hölle machen, –
Eins läßt sie stehn auf siegreichem Grunde,
Sie haben den Tag, sie haben die Stunde,
Der Mohr kann gehn, neu Spiel hebt an,
Sie beherrschen die Szene, *sie* sind dran.

Mein Leben

Mein Leben, ein Leben ist es kaum,
Ich geh' durch die Straßen als wie im Traum.

Wie Schatten huschen die Menschen hin,
Ich selber ein Schatten dazwischen bin.

Und im Herzen tiefe Müdigkeit –
Alles mahnt mich: Es ist Zeit!

Zu Theodor Fontanes Gedichten

Die Berliner Jahre gegen Ende des vergangenen Jahrhunderts: »Immer ist etwas los«, schreibt Theodor Fontane am 9. Dezember 1890 aus der Potsdamer Straße 134c, »seit kurzem – sonderbar bei meinen hohen Semestern – fange ich überhaupt wieder an, auf das großstädtische Leben und den eigenen Reiz, den es äußert, Gewicht zu legen.« In seiner Distanz des zurückliegenden, uns fremder werdenden Jahrhunderts gewinnt das »große Jahrzehnt« Fontanes zur augenblicklichen historischen, zur erneuten Aufbruchsituation Berlins eine besondere Affinität. In diesen Jahren erschienen »Frau Jenny Treibel«, »Unwiederbringlich«, »Effi Briest« und »Mathilde Möhring«, schließlich »Der Stechlin«, aber auch neue Balladen, Lieder und Verse entstanden wie »Herr von Ribbeck auf Ribbeck im Havelland«. Fontanes Romane, seine Reisebücher, Kritiken, autobiographischen Werke und seine Briefe, noch vor Jahren zur deutschen Provinzialität gezählt – wenn auch unter den Schriftstellern, deren Produktion nach 1848 beginnt und mit dem Ausgang des Jahrhunderts endet, herausragend – offenbaren hinter der scheinbaren Konventionalität mehr und mehr ein Profil, das sie in ihrer literarischen Bedeutung neben die unter weit günstigeren Stimulantien entstandenen Werke der großen europäischen Schriftsteller stellen läßt.

Betrachtet man das Lebenswerk Fontanes von acht Jahrzehnten, das einschließlich der Briefe nicht viel weniger Raum einnimmt als die 143 Bände der Weimarer

Ausgabe Goethes, dann mag eine Auswahl von zweiunddreißig Gedichten aus einem Œuvre von über dreihundert Gedichten allzu schmal bemessen sein. Stehen Fontanes Balladen, seine Lieder und Gedichte im Schatten seiner Romane? Sind Balladen wie »Archibald Douglas«, »Die Brück' am Tay« oder »Herr von Ribbeck auf Ribbeck im Havelland« durch die Kanonisierung der Schule kulturell zu sehr deponiert, als daß sie gegen den Verschleiß der Rezeptionsgeschichte noch zu treffen in der Lage sind? Oder sollten wir Fontanes Selbsteinschätzung aus dem Jahre 1854 (Brief vom 14. Februar an Theodor Storm) teilen: »Das Lyrische ist sicherlich meine schwächste Seite«? Wie präsent ist Fontane in wichtigen Gedichtsammlungen unserer Jahre? In der Gedichtsammlung »Deutsche Gedichte«, herausgegeben von Echtermeier/von Wiese im Jahre 1956, werden bei einem Umfang von 700 Seiten sieben Gedichte Fontanes wiedergegeben. Gottfried Keller, den Fontane immer als seinen größten Rivalen empfunden hat, ist dort mit acht Gedichten vertreten. In Karl Krolows Sammlung »Deutsche Gedichte« aus dem Jahre 1982 sind fünfzehn Gedichte Fontanes, dagegen nur sechs von Keller zu finden. Karl Otto Conrady druckt in seinem »Großen Deutschen Gedichtbuch« von 1991 auf nahezu tausend Seiten elf Gedichte Fontanes und zwölf Gedichte Gottfried Kellers ab. In der in den letzten Jahren von Marcel Reich-Ranicki herausgegebenen »Frankfurter Anthologie« sind in den bis 1992 erschienenen Bänden mit über 800 Gedichten vier Gedichte Fontanes besprochen, dagegen elf von Gottfried Keller. Was hat es also mit Fontanes Gedichten auf sich?

Die Entwicklung zum Balladendichter verlief unspektakulär. Der zwanzigjährige Apothekerlehrling veröffentlichte 1839 in Boulevardblättern erste Verse, die romantischen Dichter und Heinrich Heine waren als Vorbild deutlich zu erkennen. Je mehr aber in den kommenden Jahren England und Schottland zu Fontanes zweiter Heimat wurden, um so intensiver war die Orientierung vor allem an Walter Scott und seiner Sammlung von Volksballaden; die Form der Ballade schien vorgegeben: »Meine Neigung und – wenn es erlaubt ist, so zu sprechen – meine Force ist die Schilderung. Am Innerlichen mag es gelegentlich fehlen, das Äußerliche hab ich in der Gewalt. Nur sowie ich die Geschichte als Basis habe, gebiet ich über Kräfte, die mir sonst fremd sind, wie jener, dem auf heimatlicher Erde die Seele wieder stark wurde«, schreibt er 1854. Im Berliner Dichterverein »Sonntagsgesellschaft im Tunnel über der Spree«, dessen Mitglied Fontane 1844 wurde, trägt er seine Balladen vor. Es ist »Archibald Douglas«, mit der er Aufsehen erregt und einer größeren Öffentlichkeit bekannt wird. »Die Kinder in der Schule lernen meine Gedichte, Frau Jachmann donnert meinen ›Archibald Douglas‹, und in der Literaturgeschichte von Heinrich Kurz hab ich mein Kapitel«, schreibt er am 4. 12. 1869 an seine Frau Emilie Fontane. 1851 erscheint im Verlag von Wilhelm Ernst, dem Inhaber der Gropius'schen Buchhandlung, nach vorheriger Ablehnung durch Verleger wie Cotta, Duncker und Hayn ein erster Sammelband mit Gedichten, 1861 folgt bei Wilhelm Hertz ein Band mit Balladen. Zu Lebzeiten erscheinen Fontanes Gedichtsammlungen, die Balladen mit einschließend, in mehreren Auflagen, die zweite Auflage 1875, die dritte, vierte und fünfte erscheinen 1889, 1892 und 1898, nachdem der alte Fontane nochmals während der Arbeit an den großen Romanen zur Poesie zurückgekehrt war; »mit fünfundsechzig wieder bei fünfundzwanzig und beinahe bei fünfzehn angelangt«, vermerkt er in einem Brief vom 4. Juni 1885 an seinen Sohn Theodor Fontane.

Die Gedichte haben ihn also sein Leben lang begleitet, in den frühen und späteren Jahren intensiver, einige finden wir in seinen Romanen wieder. Die Anlässe waren meist lapidar, Geburtstage und Familienfeste, politische Ereignisse und historische Reminiszenzen, das Große als Alltägliches, wie es der Titel eines frühen Romanentwurfs so kennzeichnend benennt: »Allerlei Glück«. Oft sind es Genrebilder, wie wir sie von Adolf Menzel kennen: scheinbar kunstlos, knapp und pointiert, handwerklich aber unendlich sicher. In zurückgenommenen Wendungen, in verhaltenem Ton zeigt sich Fontanes sanfte Ironie, in »kunstvoller Saloppheit« (Thomas Mann) begegnen uns Liebes- und Naturgedichte, Konfessionen über den Gang der Zeit, über Herkunft und Geschichte, über Gesellschaft und Öffentlichkeit, Selbstrechtfertigungen und Einschätzungen des Künstlerlebens. Oft kommen sie in Knittelversen daher, zeigen sich als überkommene, manchmal naive Spruchgedichte und finden wie plaudernd die einfache Form für Fontanes Lebensthema vom Alten und Neuen.

Für diese kleine Ausgabe im insel taschenbuch wurden zweiunddreißig Gedichte ausgewählt, viele bekannte, wenige unbekannte. Die Anordnung folgt nicht der Gliederung, die Fontane den Gedichten in seinen Sammlungen gab, sie gibt die Texte in der Reihenfolge ihrer Entstehung wieder.

Textgrundlage ist die letzte von Fontane herausgegebene Ausgabe: »Theodor Fontane, Gedichte, Fünfte vermehrte Auflage, Berlin 1898«. Die Orthographie wurde kaum modernisiert, Groß- und Kleinschreibung sowie die Interpunktion wurden beibehalten.

Zu Fontanes siebzigstem Geburtstag würdigte Wilhelm Bölsche umfassend seine Lyrik, er schloß mit Fontanes Satz, der als Motto über dieser Ausgabe steht: ». . . ich hätte das andere auch alles sagen können, denn ich bin ein sehr moderner Kopf – aber es gehört einfach nicht hierher.«

August 1992 *Gottfried Honnefelder*

Inhalt

Im Garten 9
Mein Herze, glaubt's, ist nicht erkaltet 10
Sylvester-Nacht 11
Schloß Eger 13
Frühling 16
Lied des James Monmouth 17
Archibald Douglas 18
Das Trauerspiel von Afghanistan 22
Melrose-Abbey 24
Gorm Grymme 25
Der 6. November 1632 28
Schlaf 30
Die Brück' am Tay 31
Publikum! 35
Würd' es mir fehlen, würd' ich's vermissen? 36
Überlaß es der Zeit 37
Aber es bleibt auf dem alten Fleck 38
Ausgang 39
Die Frage bleibt 40
Es kribbelt und wibbelt weiter 41
John Maynard 42
Lebenswege 45
Meine Gräber 46
Wo sich Herz zum Herzen find't 48
Herr von Ribbeck auf Ribbeck im Havelland 49
Unsre »deutsche Frau« 51
Brunnenpromenade 52
Verzeiht 55

Ja, das möcht' ich noch erleben 56
Neueste Väterweisheit 57
Die Alten und die Jungen 58
Mein Leben 59

Zu Theodor Fontanes Gedichten 61

»Lyrik«

Anthologien
im insel taschenbuch

An mein Kind. Gedichte an Töchter und Söhne. Herausgegeben von Cordula Gerhard. it 2227. 146 Seiten

Auf weißen Wiesen weiden grüne Schafe. Parodien deutscher Lyrik und Prosa. Herausgegeben von Karl Riha und Hans Wald. it 2735. 240 Seiten

Die schönsten Liebesgedichte. Herausgegeben von Sigrid Damm. it 1872. 167 Seiten

Ganz mein Herz dir hingegeben. Gedichte der englischen Romantik. Herausgegeben von Norbert Kohl. Mit farbigen Abbildungen. it 2180. 233 Seiten

Gedichte berühmter Frauen. Von Hildegard von Bingen bis Ingeborg Bachmann. Herausgegeben von Elisabeth Borchers. it 1790. 312 Seiten

Liebeszauber. Die schönsten deutschen Liebesgedichte aus fünf Jahrhunderten. Ausgewählt von Günter Berg. Großdruck. it 2413. 168 Seiten

Über die Liebe. Gedichte und Interpretationen aus der »Frankfurter Anthologie«. Herausgegeben von Marcel Reich-Ranicki. it 794. 346 Seiten

Unterm Sternbild des Herkules. Antike in der Lyrik der Gegenwart. Herausgegeben von Bernd Seidensticker und Peter Habermehl. it 1789. 253 Seiten

NF 20/1/5.02

Klassische deutsche Literatur im insel taschenbuch Eine Auswahl

Der Kanon. Die deutsche Literatur. Herausgegeben von Marcel Reich-Ranicki.
- Erzählungen. 10 Bände und ein Begleitband im Schuber. 5700 Seiten
- Romane. 20 Bände im Schuber. 8112 Seiten
- Dramen. 8 Bände und ein Begleitband im Schuber. 4500 Seiten

Annette von Droste-Hülshoff
- Der Distel mystische Rose. Gedichte und Prosa. Ausgewählt von Werner Fritsch. it 2193. 170 Seiten
- Die Judenbuche. Ein Sittengemälde aus dem gebirgichten Westfalen. Mit Illustrationen von Max Unold. it 399. 128 Seiten. it 3096. 108 Seiten
- Liebesgedichte. Ausgewählt von Werner Fritsch. it 2876. 136 Seiten
- Sämtliche Erzählungen. Herausgegeben von Manfred Häckel. it 1521. 234 Seiten
- Sämtliche Gedichte. Nachwort von Ricarda Huch. it 1092. 750 Seiten

Theodor Fontane
- Briefe an Georg Friedlaender. Herausgegeben und mit einem Nachwort von Walter Hettche. Mit einem Essay von Thomas Mann. it 1565. 486 Seiten
- Effi Briest. Mit 21 Lithographien von Max Liebermann. it 138 und it 2811. 354 Seiten
- Ein Leben in Briefen. Ausgewählt und herausgegeben von Otto Drude. it 540. 518 Seiten
- Ein Sommer in London. Mit einem Nachwort von Harald Raykowski. it 1723. 252 Seiten

NF 26a/1/1.07

- Fontane für Gestreßte. Ausgewählt von Otto Drude. it 3030. 106 Seiten
- Frau Jenny Treibel oder »Wo sich Herz zum Herzen findt«. Roman. Mit einem Nachwort von Richard Brinkmann. it 746 und it 2952. 269 Seiten
  - Gedichte. Ausgewählt und mit einem Nachwort von Rüdiger Görner. it 2221. 200 Seiten
- Die Gedichte. Herausgegeben von Otto Drude. it 2684. 751 Seiten
- Grete Minde. Nach einer altmärkischen Chronik. Mit einem Nachwort von Peter Demetz. it 1157. 154 Seiten
- Meine Kinderjahre. Autobiographischer Roman. Mit einem Nachwort von Otto Drude. Mit Illustrationen und Abbildungen. it 705. 276 Seiten
- Der Stechlin. Mit einem Nachwort von Walter Müller-Seidel. it 152. 504 Seiten
- Unterm Birnbaum. Erzählung. Mit einem Nachwort von Otto Drude. Großdruck. it 2428. 192 Seiten
- Späte Gedichte und Lyrik aus dem Nachlaß. Herausgegeben von Joseph A. Kruse und Marianne Tilch. it 3036. 320 Seiten

Theodor Storm
- Am Kamin. Und andere unheimliche Geschichten. Mit Illustrationen von Roswitha Quadflieg. Ausgewählt und mit einem Nachwort versehen von Gottfried Honnefelder. it 2420. 236 Seiten
- Gedichte. it 731. 240 Seiten
- Immensee. it 732. 192 Seiten
- Pole Poppenspäler. Und andere Novellen. it 733. 189 Seiten
- Der Schimmelreiter. Mit Zeichnungen von Hans Mau und einem Nachwort von Gottfried Honnefelder. it 736. 180 Seiten

NF 26a/2/1.07